Ye

3613

LA POSTÉRITÉ,

ODE

PAR C.-L. MOLLEVAUT,

MEMBRE DE L'INSTITUT ROYAL DE FRANCE
(ACADÉMIE DES INSCRIPTIONS ET BELLES-LETTRES),

DOCTEUR ÈS LETTRES,
PROFESSEUR ÉMÉRITE DE L'UNIVERSITÉ,
ET MEMBRE DES PRINCIPALES SOCIÉTÉS SAVANTES ET LITTÉRAIRES
DE FRANCE ET DE L'ÉTRANGER.

SIXIÈME ÉDITION.

A CETTE ODE EST JOINT LE SEUL PORTRAIT AUTHENTIQUE DE L'AUTEUR.

L'œil de la Vérité ne craint pas le grand jour
MOLLEVAUT.

PARIS,

CHEZ L'AUTEUR,

RUE SAINT-DOMINIQUE, 99, FAUBOURG SAINT-GERMAIN.

1840

A la bibliothèque du Roi - offert par Mollevaut de l'Institut -

À la Bibliothèque du Roi — offert par Mollevaut J. J. Victoire

J. Bertrand Lith.

Lith: Maex. r. des Gravilliers 25.

MOLLEVAUT.

Sixième édition.

ODE

PAR MOLLEVAUT,

Membre de l'Institut royal de France

(Académie des Inscriptions et Belles-Lettres),

DOCTEUR ÈS LETTRES,

PROFESSEUR ÉMÉRITE DE L'UNIVERSITÉ,

ET MEMBRE DES PRINCIPALES SOCIÉTÉS SAVANTES ET LITTÉRAIRE,

DE FRANCE ET DE L'ÉTRANGER.

La Postérité.

> L'œil de la Vérité ne craint pas le grand jour.
> MOLLEVAUT.

Je vous le dis encor, ce n'était pas un songe,
Qu'enfante de la nuit l'agréable mensonge,
Habile à caresser nos désirs orgueilleux :
Je voyais resplendir le jour qui l'environne,
 Et sa triomphale couronne
Répandait sur le monde un éclat merveilleux.

Vous courbiez tous le front, vous, Maîtres de la terre !
Implorant un regard de la déesse austère,
Que du sceptre et de l'or flattent peu les splendeurs ;
Mais les héros fameux et les rois du Parnasse,
 Sans craindre sa haute menace,
De ses brillants parvis s'ouvraient les profondeurs.

Si du fils de Vénus le dard vole et te perce,
De l'infidèle Ovide (1) et du fougueux Properce (2)
Tu suis l'agile essor sur ton coursier vainqueur ;
Si ta chère Azélie allume ton délire (3),
    Le torrent que roule ta lyre
Précipite ses flots des sources de ton cœur.

Retirez-vous, fuyez, ô vous, flamme imprudente !
Le charbon d'Isaïe a sur ta lèvre ardente (4)
Empreint l'auguste sceau du Monarque Éternel ;
Et, comme un fleuve aux champs prodigue leur breuvage,
    Ta harpe, au plus lointain rivage,
Prodigue les accords de l'hymne solennel.

Mais qui peut t'arrêter, industrieuse abeille ?
Les suaves parfums qu'exhale ta corbeille (5)
S'élèvent aux lambris de mon divin séjour.
O vous, naïves fleurs ! empressez-vous d'éclore :
    Quand son frais pinceau vous colore,
La rose est destinée à vivre plus d'un jour.

Sans vouloir imiter l'auteur inimitable,
Tu guides l'apologue à son but profitable,
Dans le cercle où l'enferme un sévère quatrain (6) ;
En d'utiles pensers, les ailes du distique (7)
    Emportent ton vers poétique,
Comme de bois flottants l'onde emporte un long train.

---

(1) Traduction en vers des Amours d'Ovide. (2) Traduction en vers des Élégies de Properce.
(3) Élégies de Mollevaut. (4) Chants sacrés.
(5) Poëme des Fleurs, en quatre chants. (6) Fables en quatrains.
(7) Pensées en vers.

D'Apollon la Sibylle, adroite messagère,
Confiait ses arrêts à la feuille légère,
Sur l'haleine d'Éole errante en sens divers :
Tel le vent de la gloire a semé dans le monde
    Tes feuilles que son souffle émonde (1)
Sur l'arbre poétique, aux rameaux toujours verts.

Ma voix rappelle en vain le tribut de tes veilles,
A peine elle effleura la moitié des merveilles,
Fières du beau matin de ton génie ardent :
Mais si l'astre du jour rayonne à sa naissance,
    J'aime autant sa magnificence,
S'il déploie un drap d'or au seuil de l'Occident (2).

Aux rangs de l'Institut monté depuis six lustres,
Tu joignis ta lumière aux lumières illustres
De ce Soleil des arts que ta lyre a chanté ;
Et tu suivis les Dieux dont l'éclat te devance,
    Pareil à Phébus qui s'avance
Au milieu des concerts de l'Olympe enchanté.

Nancy! toi, son berceau, prépare ton hommage!
Le ciseau, qui pour toi gravera son image,
Ne rendra pas vivant un marbre suborneur :
Quarante ans de succès, aux pompes de sa fête,
    Placent sa couronne à ton faîte,
Où ton plus grand poëte a ton plus grand honneur.

(1) Poésies diverses et légères.
(2) Cette ode ne rend compte que de la moitié des OEuvres de l'auteur : voir la nouvelle édition de la *Notice raisonnée* des ouvrages publiés par Mollevaut, de 1800 à 1840, et la huitième page de cette ode.

Ah! si les cris jaloux d'une ignoble impuissance
Osèrent de ses mœurs attaquer l'innocence,
Tous ses muets mépris les ont seuls combattus!
Moi, sur son noble front, qui me tint sa promesse,
 J'ai mis la palme du Permesse,
Et je mets à sa main la palme des vertus.

Il fit ce que jamais nul mortel n'a pu faire (1)!
Et, vivant des lauriers que son honneur préfère,
Sa mâle pauvreté, qui dompte les revers,
Sait qu'après les mépris la plus juste vengeance,
 Contre une impitoyable engeance,
C'est de la sillonner du foudre des beaux vers.

Barbares! cessez donc d'insulter son génie;
Cessez de lui ravir ses trésors d'harmonie,
Pour orner les lambeaux de chants aventuriers :
Moi, je dis à la fraude, ardente à son ouvrage,
 Sème le mensonge et l'outrage,
Ton forfait grandira ses moissons de lauriers (2). »

Épouse du Génie et mère des Miracles,
Tels, ô Postérité! parlaient tes vrais oracles,
Et ton essor remonte aux palais radieux,
En repoussant du pied la sacrilége Envie
 Qui, de tous les Crimes suivie,
Dans la nuit des enfers plonge un vol odieux.

(1) Un savant distingué observe que Mollevaut a traduit en vers vingt-un ouvrages classiques en cinq langues, et qu'en ce genre un si vaste travail, par un seul auteur, n'existe chez aucun peuple du monde : « ce n'est cependant, ajoutait-il, qu'une partie des OEuvres de Mollevaut : aussi quelle récompense doit-il attendre de sa patrie reconnaissante! »

Mais les enfers en vain rivent sa forte chaîne,
Du monstre, dont le bras la rompt et se déchaîne,
Rien ne saurait fléchir l'inflexible fureur :
Tel ce hardi volcan, des monts rebelle esclave,
Les brise, et son ardente lave
Dévore la campagne, et roule la terreur.

Sur le front du vieillard son toit embrasé tombe ;
Le sein brûlant d'un père à son fils sert de tombe ;
L'intrépide savant brave un feu qui l'atteint ;
Devant sa large toile, à peine dessinée,
La main du peintre est calcinée,
Et, sur son luth noirci, le poëte s'éteint.

(2) Mollevaut ne s'est jamais servi d'aucun collaborateur, comme l'ont dit quelques imposteurs perfides ou effrontés, qui veulent dérober ou ternir la gloire de ses vers ; mais, ainsi que nos grands maîtres, il a consulté la critique, en lui rendant, avec usure, les fruits d'une longue expérience, achetée au prix de ses veilles, de sa santé et de sa fortune.

Mollevaut est donc *seul propriétaire* de ses œuvres complètes qui sont l'un des plus grands monuments littéraires du XIXe siècle, et qui ne se trouvent qu'à son domicile, à Paris, rue Saint-Dominique, 99, faubourg Saint-Germain.

Tous ceux qui, sans autorisation spéciale de sa main, annonceraient ou vendraient à une autre adresse ses ouvrages, en tout ou en partie, n'importent le nom, la forme et le contenu, n'offriraient que de mauvaises contrefaçons, qui seraient un vol fait à l'acheteur comme à l'auteur, et ce vol d'une propriété sacrée, crime prévu par la loi, serait puni avec la plus sévère justice.

OUVRAGES

PUBLIÉS

PAR C.-L. MOLLEVAUT,

MEMBRE DE L'INSTITUT.

(28 volumes in-18.)

TRADUCTIONS EN PROSE.

	Vol.
Virgile : l'Énéide	4
Salluste	1
Tacite : la Vie d'Agricola	1

TRADUCTIONS EN VERS.

Anacréon	1
Virgile : l'Énéide	4
Virgile : les Géorgiques	2
Catulle	1
Tibulle	1
Properce	1
Ovide : les Amours	1
Horace : l'Art poétique	1
Martial : Choix d'épigrammes	1

OUVRAGES EN VERS

de sa composition.

Élégies	1
Les Fleurs, poëme en quatre chants	1
Cent Fables en quatrains	1
Poésies diverses	1
Chants sacrés	1
Pensées en vers	1
Cent Fables nouvelles en quatrains	1
Soixante Fables nouvelles	1
Ode à la Postérité : sixième édition. — Magnifique in-4°, avec le seul fidèle portrait de l'auteur . . .	1

Total . . . . 28 volumes.

OUVRAGES

TERMINÉS ET NON PUBLIÉS

PAR C.-L. MOLLEVAUT,

MEMBRE DE L'INSTITUT.

(32 volumes in-18.)

TRADUCTIONS EN PROSE.

	Vol.
Ésope : les Fables	1
Aristote : la Poétique	1
Virgile : Géorgiques, Églogues	1
Tacite : les Mœurs des Germains	1

TRADUCTIONS EN VERS.

Virgile : Géorgiques, Églogues	3
Ovide : l'Art d'aimer	1
Phèdre : les Fables	1
Perse : les Satires	1
Lucien : Choix de Dialogues	1
Coluthus : Rapt d'Hélène	1
Anthologie grecque	1
Anthologie orientale	1
Caton : Distiques	1
Vida : la Poétique	2
Pétrarque : Choix de Sonnets	1
Thomson : les Saisons	4
Pope : Essai sur la critique	1
Gesner : Choix de ses Idylles	1

OUVRAGES EN VERS

de sa composition.

Les Cent-Jours, poëme épique	1
César dans les Gaules, tragédie	1
Les Oiseaux, poëme en quatre chants	1
Sonnets	1
Dialogues	1

OUVRAGES EN PROSE

de sa composition.

Mémoires lus à l'Académie des Inscriptions et Belles-Lettres	1
Correspondance littéraire	2

www.ingramcontent.com/pod-product-compliance
Lightning Source LLC
Chambersburg PA
CBHW061610180626
46818CB00005B/2020